AF221393

Friedel Weise-Ney / Fritzi Lorenz

Leben mit Büchern

Bibliografische Information der Deutschen Nationalbibliothek

Die Deutsche Nationalbibliothek verzeichnet diese Publikation
in der Deutschen Nationalbibliografie; detaillierte bibliografische
Daten sind im Internet über http://dnb.d-nb.de abrufbar.

1. Auflage, August 2020

Text © Wilfriede Weise-Ney
w.weiseney@googlemail.com

Alle Bilder © Fritzi Lorenz

Gestaltung: Ralf Wolf | autorenservice.net

Herstellung und Verlag:
BoD – Books on Demand, Norderstedt

ISBN: 978-3-751981-61-3

Friedel Weise-Ney

Leben mit Büchern

Mit Bildern
von Fritzi Lorenz

Friedel Weise-Ney ist Ärztin, Lyrikerin, Autorin und bildende Künstlerin (Malerei und Fotografie). Gedichte, Texte und Bilder von ihr sind in Anthologien und Bildbänden erschienen.

Einzelwerke: „Mit Schutzmaske ins Paradies", Verlag Ralf Liebe, Weilerswist 2020;
„Die Heilige vom Sperrmüll", BoD, Norderstedt 2019;
„Gabriels Himmel", Shaker Media, Aachen 2018;
„Neue Beine für Schneeweisschen, Arzt-Patientengeschichten", einhard Verlag, Aachen 2017.

Lyrikband: „Gebunden an den Lebensbaum ersehnen wir uns Flügel", BoD, Norderstedt 2016.

Für die Geschichte „Rattenfänger" aus dem Buch „Neue Beine für Schneeweisschen" erhielt sie 2017 den ersten Preis zum Reformationsgedenkjahr von Kirche und Kultur Wiesbaden.

Sie ist Mitherausgeberin von zwei Anthologien.

Fritzi Lorenz ist in Murnau geboren, lebt in Aachen, drei Kinder und ein Pflegekind. Dipl.-Sozialpädagogin mit Schwerpunkt frühkindliche Erziehung, Leitung von PEKIP-Gruppen, u. a. im Krankenhaus (Münster, Aachen), Familienbildungsstätte, DRK.

Ausübung verschiedener Kunstrichtungen: Malerei, Aquarell, Skulpturen (Ton, Gips, Glas, Bronze); im Mittelpunkt steht der Mensch, als Akt und im Tanz.

Künstlerische Gestaltung des Umfeldes von Kindern mit märchenähnlichen Darstellungen.

Einzel- und Gruppenausstellungen in Hamburg, Aachen, Köln, in den Niederlanden und Frankreich.

Inhalt

Faschingszug

Inge friert, bibbernd steht sie neben ihren Eltern und wartet eine gefühlte Ewigkeit schon auf den Umzug. Warum heißt es eigentlich Rosenmontag, warum nicht Kamellenmontag? Und was ist

überhaupt los, normalerweise ist der Umzug jetzt schon längst in der Innenstadt.

Direkt neben Inge stehen drei Frauen mit Hexenmasken. Auf ihre Strickmützen haben sie kleine spitze Hüte gesteckt, die sehen aus wie selbstgebastelt, beklebtes Tonpapier. Auch sie scheinen zu frieren, reiben sich abwechselnd die Hände, Arme und Beine. Schließlich trippeln sie auf die andere Straßenseite und stellen sich in den Haupteingang des großen Kaufhauses. Wieder saust eine Sturmbö durch die Straßen. Schneeregen peitscht den Wartenden ins Gesicht, Schirme knicken um, Hüte flattern neben Luftballons und Plastiktüten vorbei.

„Ich geh ins Kaufhaus und warte dort", beschließt Inge laut.

„Wenn man in eine fremde Rolle schlüpft, dann muss man eben leiden", antwortet ihre Mutter, „du wolltest ja nicht hören."

Inge protestiert: „Wer geht an Fasching schon als Elefant oder Eskimo? Weißt du überhaupt, was oder wer ich bin, weiß ich das überhaupt selbst oder irgendwer?"

Ihre Mutter fasst sie am Arm und zieht sie hinter sich her in Richtung Kaufhaus. „Du redest schon wieder komisch, Inge. Immer wenn du Stress hast, redest du Unsinn."

Sie müssen sich durch eine wartende Schar von Kostümierten drängen, um zur Treppe und dann ein Stockwerk höher ins Café zu gelangen. Gerade machen ein Seemann und eine blonde Seejungfrau einen Tisch frei. Schnell setzt sich Inge auf den einen Stuhl und winkt ihrer Mutter, die mal wieder viel zu zögerlich um sich blickt. Sucht sie etwa Vater? Der ist doch wie versteinert am Straßenrand stehen geblieben.

Während Inges Mutter Platz nimmt, kommentiert sie schon: „Zu Hause haben wir Kinder uns jedes Jahr anders kostümiert. Ich war mal eine Zigeunerin und dann eine Chinesin. Solche Kostüme sieht man heute gar nicht mehr. Ganz strenge Weltverbesserer wollen sie am liebsten verbieten.

Als ob so ein Kind in einem Zigeunerkostüm sich über die Sinti und Roma lustig machen würde. Im Gegenteil, man ist doch stolz und glücklich, etwas

Besonderes zu sein in so einer Verkleidung, so wie du heute. Fremd und exotisch, aber eben nicht warm genug!"

Sie lacht und ruft die grell geschminkte Kellnerin.

Inge zupft an dem dicken Pulli, den Vater ihr vorhin gegeben hat, der reicht ihr bis über den Po, über die kurze Blumenbluse und den farbenfrohen Bastrock. Naja, Hawaiimädchen im Februar ist vielleicht wirklich albern. Aber sie sind einfach auch viel zu lang an der windigen Ecke gestanden. Vater wird jetzt bestimmt frieren. Außerdem ist er sauer, weil er zum Umzug gehen muss. Sein neuer Chef marschiert mit dem Orchester Weiß-Blaue Bläser, spielt irgendein Blasinstrument. „Der erkennt jeden Kollegen am Straßenrand. Wetten, dass er uns sieht und mich später lobt", sagte Inges Vater beim Frühstück.

„Morgen sind wir alle krank", meint ihre Mutter jetzt und nippt an ihrem Kaffee mit Schuss. „Da kommt gerade ein Esel auf dich zu. Dreh dich doch mal um."

Der Esel galoppiert vorbei und wiehert.

„Kennst du das Märchen vom Eselein?", will ihre Mutter wissen.

Inge schüttelt den Kopf, sie fragt sich, ob Mutter heute Morgen schon heimlich Sekt getrunken hat. Ihre Mutter erzählt:

„Es war einmal eine Königin, die brachte ihr lang ersehntes Kind zur Welt. Da blickte sie in die entsetzten Augen der Hebamme. Das Baby sah nämlich nicht aus wie ein Menschenkind, sondern war ein junges Eselein. Sie fing an zu jammern, machte großes Geschrei: ‚Lieber hätte ich gar kein Kind gehabt als einen Esel. Man soll ihn ins Wasser werfen, damit ihn die Fische fressen.' Der König aber sprach: ‚Nein, hat Gott ihn uns gegeben, soll er auch mein Sohn und Erbe sein. Nach meinem Tod soll er auf dem königlichen Thron sitzen und die Krone tragen.'"

Sie lacht: „Ich glaube, das ist noch heute so, wir werden von Eseln regiert." Da muss auch Inge lachen.

„Was macht eigentlich deine Freundin Beate, wollte sie nicht im Zug mitreiten?", fragt ihre Mutter.

Inge schüttelt den Kopf: „Keine Ahnung, typisch für Beate, die will immer was Besonderes sein. Ich würde niemals in dem albernen Zug mitlaufen. Übrigens fährt sie über die Ferientage wieder in ihr Ferienhaus nach Südfrankreich, dort gibt es auch einen Reitstall in der Nähe."

Sicher ist dort auch ein netter Stallbursche, denkt Inge bei sich, während ihre Mutter der Kellnerin winkt, um zu zahlen.

Die Mädchen vom Reitverein Grüne Aue haben sich besonders schöne Uniformen schneidern lassen, dunkelblau mit Goldbesatz. Gestern haben sie den ganzen Tag die Pferde herausgeputzt. Grüne Schleifen zieren Pferdemähnen und Mädchenzöpfe.

„Die Tiere bleiben hier", befiehlt jetzt der zuständige Mann vom Ordnungsamt.

„Der ist doch nur Brandmeister, hat doch gar keine Ahnung von Pferden", schimpft Beate.

Die Mädchen stellen sich ohne Pferde an den Straßenrand, um den Zug zu verfolgen. Sie weigern sich, zu Fuß mitzugehen.

„Wer sind wir denn?" sagt die Reitlehrerin. „Wir sind Reiterinnen und kein Fußvolk!"

Die Pferde stehen in ihren warmen Ställen, die Mädchen zittern im Schneeregen.

„Morgen hab ich bestimmt Schnupfen", meint Beate. Ihre Eltern stehen sicher wieder am Rathaus und warten, dass ihr Töchterlein an ihnen vorbeireitet. Und wo steckt eigentlich Inge?

Die beiden größten Umzugswagen müssen auch hier bleiben. Wie lange die Künstler wohl daran geplant, gebaut und gemalt haben, überlegt Beate.

„Ihre Aufbauten aus überlebensgroßen Figuren haben nicht die nötige Befestigung, die bei Sturm notwendig ist", verkündet der Brandmeister. „Vielleicht fliegt der Oberbürgermeister in die Zuschauermenge, und das wollen wir doch nicht."

Er lacht laut, denn die Figur des Oberbürgermeisters ist mit blankem Hintern dargestellt. Die Pappfigur der Oppositionsführerin ist ganz von Gras bewachsen. Wie heißt sie eigentlich?

Beate betrachtet die Figur. Auf ihrem Kopf prangt eine Art Gestrüpp, in dem steckt ein Schild: „Mein Garten ist kein Scheißhaus!". Das ist zwar lustig, aber nicht verständlich. Schließlich ist der Bürgermeister kein Hund, findet Beate.

Dann erinnert sie sich, dass neulich ein Freund ihres Vaters, der auf Besuch in ihrem neuen Haus war, meinte: „Dieses Gelände, auf dem eure Häuser stehen, als Bauland auszugeben, war schon ganz schön riskant. Ich hoffe, es passiert nichts."

Was soll denn schon passieren?, denkt Beate. Der Kerl hat bestimmt zu viele Katastrophenfilme gesehen. Na, er ist ja auch ein Grüner, die spinnen doch alle.

Auf der anderen Straßenseite laufen drei Hexen vorbei. Eine der Frauen hinkt und wird von den anderen beiden mitgeschleift. Ob die betrunken sind? Die sehen bestimmt auch ohne Verkleidung aus wie Hexen.

Inge, das Hawaiimädchen, friert jetzt bestimmt auch nicht schlecht, denkt Beate und verschränkt die Arme fester. Typisch Inge, wahrscheinlich weiß sie überhaupt nicht, wo das liegt: Hawaii.

Sonnenseite des Lebens

Die beiden Mädchen gehen in die gleiche Schule. Sie kennen sich schon seit dem Kindergarten. Auf dem Spielplatz haben sie ihre Kräfte an den Kletterstangen gemessen, haben Sandkuchen gebacken und Sand geschluckt. Oft sind sie auch einfach auf der kaputten Wippe gesessen und haben sich Geschichten erzählt. Mal war Beate eine berühmte Schauspielerin, mal Präsidentin einer Bank, aber meistens war sie natürlich Staranwältin. Beates Vater ist Anwalt bei einer Versicherung. Er fährt einen dicken BMW. Inges Vater ist Angestellter in einem Großhandel für Herrenbekleidung. Über das, was die Mütter beruflich machen, reden Beate und Inge nicht viel. Die Mütter sind meistens gestresst, nach der Arbeit immer nur am Wäschewaschen, Putzen, Kochen und im Garten Arbeiten.

Schon auf dem Spielplatz ist Beate die bessere Turnerin, inzwischen nimmt sie Tanz- und Reitunterricht. Inge ist ein bisschen neidisch auf sie, aber eigentlich hasst sie Sport, verkriecht sich lieber mit einem Buch im Bett. Inges Eltern sind verschuldet, „bis über die Ohren", hat ihr Vater neulich gesagt, als Inge gefragt hat, ob sie auch in den Tanzkurs gehen darf.

„Wir haben eben kein Geld für teure Tanzstunden. In der Nähe ist der Sportplatz, da kannst du laufen", hat ihre Mutter geantwortet und damit war

die Sache erledigt. Spätestens seit ihrem zwölften Geburtstag im letzten Herbst hat Inge aufgehört, zu Hause zu erzählen, was sie so alles nach der

Schule macht. „Hab die Hausaufgaben gemacht, bin bei Beate", damit gibt ihre Mutter sich zufrieden. Sie regt sich schnell auf, vor allem über alles, was mit Inges Fantasie zu tun hat.

„Manchmal kann ich die Bäume reden hören, jeder Ast hat eine andere Geschichte, auch die Tapeten können flüstern. Das ist wie ein riesiges Stimmengebrumm, das meinen Schädel zum Vibrieren bringt." Als sie das vor zwei Jahren ihrer Mutter erzählte, dachten ihre Eltern, mit ihrem Gehirn könnte etwas nicht in Ordnung sein. „Das Kind hat eine Meningitis oder Ohrgeräusche, vielleicht von den Windpocken, die sie vor Kurzem hatte." Inge musste zum Hausarzt.

Bisher war sie immer bei einer Kinderärztin gewesen, die aber nicht mehr praktizierte. Beim Hausarzt sollte sie sich für die Untersuchung nur in Unterhose vor dem alten Mann aufstellen. Erst klopfte er ihren Rücken ab, dann horchte er mit einem Stethoskop auf die Lunge und das Herz, das wie wild schlug, zu stolpern anfing. Er legte seine weiche dicke Hand auf ihre Herzgegend und lächelte: „Du musst keine Angst haben, ich tu dir doch nichts."

Sie musste sich umdrehen, sich bücken, dem Arzt ihren Hintern entgegenstrecken. Da fasste er plötzlich in eine ihrer Kniekehlen, sie stolperte nach vorne vor Schreck.

„Du brauchst doch keine Angst haben, jetzt leg dich mal hin", meinte er. Dann leuchtete er in ihre Augen, tastete mit seinen Wurstfingern ihren Bauch ab und lächelte dabei, als wäre alles nur ein Spiel. Inge drehte sich zur Seite, sprang auf und schnappte sich ihre Kleider, die auf einem Stuhl la-

gen. Schnell zog sie sich an und lief aus der Praxis, ohne ihre Mutter, die noch im Wartezimmer saß.

Später erzählte ihre Mutter, was der Hausarzt ihr gesagt hatte: „Du bist eben ein ängstliches, überempfindliches Kind, man soll dich besonders vorsichtig behandeln. Vielleicht würde dir Sport gut tun?" Inge war damals zehn Jahre alt, aber sie verstand, dass das nicht zusammenpasste: Sport und Vorsicht. Wie oft schon hatte sie beim Handball in der Schule den Ball an den Kopf bekommen und wie oft war sie beim Sport gefallen und hatte sich Schrammen und blaue Flecke geholt.

„Wir wohnen auf der Sonnenseite des Lebens", behauptet Inges Vater. Er meint die Neubausiedlung am Stadtrand mit den frisch geputzten Reihenhäusern. In den Vorgärten wetteifern die Hausbesitzer mit der Bepflanzung, es grünt und blüht überall. Nur ein Reihenhaus hat keinen grünen Vorgarten, sondern einen japanischen Steingarten aus Kies, in der Mitte stehen zwei große Steine. „Sieht aus wie ein Grab", meint Inges Vater. „Die haben auch hinterm Haus alles zugepflastert."

Inges Mutter findet das ganz praktisch, da braucht man keinen Rasenmäher, das macht weniger Arbeit. Wenn Inge die Nachbarn und ihre Eltern an den Wochenenden im Garten beobachtet, wie sie um die Wette buddeln und schnippeln, dann muss sie manchmal so laut lachen, dass sich alle nach ihr umdrehen und den Kopf schütteln. Da sind die Schröders, direkt nebenan, die ihre Tulpenzwiebeln mit dem Lineal in der Hand in die Gartenerde setzen. Alles soll gerade und ordentlich aussehen. Natürlich werden die Blumenzwiebeln mitsamt den Plastikkörbchen eingepflanzt.

„Wer will sich schon die edlen Zwiebeln von den Wühlmäusen wegfressen lassen?", sagt Frau Schröder.

Auf den Terrassen links und rechts hängen Blumenampeln, zwischen den Nachbargrundstücken sind Hecken, Drähte und Jägerzäune hochgezogen worden.

„Jeder soll wissen, wo seine Grenze ist. Grenzen müssen eingehalten werden, auch auf dem Rasen", meint Inges Vater.

Wenn die Zweige der Sträucher und jungen Bäume dem Nachbargrundstück zu nahe kommen, dann wird gesägt und geknickt, egal ob die Pflanze dabei eingeht. Ihr Vater meint: „Um Protest zu vermeiden, sollten wir den Grill nie anmachen, ohne die Nachbarn zu fragen oder sie einzuladen." Alles muss sauber und friedlich bleiben. „Für bellende Hunde haben wir ein Leckerli besonderer Art", sagt er auch.

Inge weiß, was ihr Vater meint. Rattengift ist immer im Haus, denn Wühlmäuse und Ratten gibt es viele in der Neubausiedlung. Sie hat gehört, dass hier und drüben, wo die schneeweißen Villen stehen und wo Beate wohnt, früher ein Wäldchen und eine Feuchtwiese mit Bach waren. Den Bach hat die Stadt vor etlichen Jahren zuschütten lassen. Inge denkt an den Sumpf, der nun unter Bauschutt und Rasen und schmucken Reihenhäuser begraben ist. Sie stellt sich eine Froschfamilie vor, zerquetscht un-

term Beton. Kann man eigentlich ungestraft von der Natur einen Bach überbauen, der Mensch ist doch kein Biber? Wo soll denn das Wasser hinfließen?

Drüben, bei den weißen Villen im Bauhausstil, sind schon Schäden sichtbar. Beate hat erzählt, dass die Terrasse ihres Hauses leicht abgesackt ist und dass im Garten nebenan Binsen wachsen, dort hat sich ein kleiner See gebildet und der Keller ist feucht. Die Hausbesitzerin soll im Keller eine Champignonzucht angelegt haben.

„Papa sagt, das ist normal", meint Beate, „jedes neue Haus muss sich eben erst mal setzen."

Das klingt ja richtig gemütlich, denkt Inge, wir haben ein Haus, das sich erstmal hinsetzen muss, danach ist es dann wohl ruhig und brav. So ein Haus ist eben auch wie ein Mensch, überlegt sie.

„Stellen Sie das Klavier bitte nicht an unsere gemeinsame Zwischenwand, stellen Sie es bitte in den Keller!", hat Inges Vater zum Nachbarn Schröder gesagt. „Musik macht nicht nur Lärm, sondern auch Vibrationen. Unser Haus hat sowieso schon zahlreiche Haarrisse in den Wänden, die sollen nicht größer werden." Da haben sie erfahren, dass der Nachbar gar nicht Klavier spielen kann. Das Klavier hat er nur gekauft, damit sein Söhnchen es lernt. Der Kleine ist erst vier Jahre alt und zeigt bislang mehr Interesse an seinen Spielzeugbaggern als an Musik.

„Drei Dinge muss ein Mann im Leben machen: ein Haus bauen, einen Sohn zeugen und einen Apfelbaum pflanzen", hat Herr Schröder gesagt und ein Loch für einen kleinen Obstbaum mitten auf seinem Rasen gegraben.

„Und was pflanzt ein Mann, der nur eine Tochter hat?", wollte Inges Vater wissen.

Da lachte der Nachbar und meinte: „Na, einen Kirschbaum, würde ich vorschlagen!" Beide lachten und setzten sich mit einer Bierflasche auf den Rasen.

„Übrigens", meinte Herr Schröder, „das Klavier steht jetzt im Keller. Und ich habe auch meine alte Flinte wieder flottgemacht. Wer weiß, die könnte gegen ungeliebte Invasoren noch mal nützlich sein!"

Inge hörte aus ihrem Fenster im ersten Stock, wie die Männer sich zuprosteten. Mit einem lauten Knall schmiss sie das Fenster zu.

Hexen und Hunde

Zum Gymnasium gehen Inge und Beate gemeinsam, ihr Schulweg führt sie an den Sozialbauten vorbei. Dort lungern immer finstere Gestalten mit ihren Hunden vor den Hauseingängen herum. „Die Viecher haben sicher Flöhe, Läuse und Tollwut", kommentiert Beate.

Der staubige Boden vor den Häusern ist übersät mit ausrangierten Möbeln, kaputten Matratzen und rostigen Bettgestellen. Aus aufgerissenen Mülltüten fliegen Papiere und Tüten in der Gegend herum. Jemand sitzt auf einem fleckigen Sessel und trinkt aus einer Weinflasche. Die Sockel der Häuser sind mit Graffiti besprüht, mit Worten wie „alter Ficker", „Arschgesicht", „alte Fotze". Der Rest der Fassaden ist grau, der Verputz an vielen Stellen abgeblättert. Aus den Fenstern dröhnt undefinierbare Musik.

„Sieht irgendwie aus wie im Krieg", meint Inge. „Aber wer weiß, vielleicht ist bei uns in der Siedlung ja auch Krieg, nur irgendwie versteckter, irgendwie anders."

Beate lacht: „Quatsch nicht, Inge. Bei uns in der Siedlung ist Frieden. Übrigens war ich gestern gar nicht im Tanzunterricht, ich war mit Gert im Kino."

Inge stutzt: „Wer ist denn Gert?"

„Na, mein Tennislehrer, er studiert Mathe und wird mir bei den Hausarbeiten helfen."

Da haben wir ja den Stallburschen, denkt Inge und fühlt einen kleinen Stich in ihrer Brust. Ob die sich schon geküsst haben? Bestimmt erzählt ihr Beate sowieso noch alles, das tut sie doch immer! Laut sagt Inge nur: „Na, ich hoffe, der ist es wert. Pass bloß auf, dass du nicht dabei erwischt wirst."

Es ist Mai, die Kastanienallee vorm Gymnasium blüht, Beate und Inge laufen ins Gespräch vertieft auf ihrem Nachhauseweg an den Sozialbauten vorbei, da kommen drei alte Frauen aus einer der Haustüren. Sie haben sich an den Händen gefasst, wie es kleine Kinder tun. Ihre Haare sind grau und ungekämmt, ihre Gesichter eingefallen, voller Falten, ihre Kleider sind abgetragen und sehen komisch aus, als ob sie Hosen und Röcke übereinander tragen. Eine hat sogar einen kleinen Buckel.

Beate meint: „Vielleicht sind das Schwestern, sie sehen aus wie Hexen. Genau, wie die Hexen, die

ich bei dem bescheuerten Faschingsumzug gesehen habe!"

Sie sehen tatsächlich so aus, denkt Inge, die sich an die komischen Hexenhüte auf den Strickmützen erinnert. „Wie geheimnisvolle Gestalten, entsprungen aus einem Märchenbuch", meint sie laut.

Beate sagt lachend: „Vielleicht sind sie ja auf der Suche nach einem verlorenen Zauberring. Nein, jetzt weiß ich, es sind Schauspielerinnen, die in ihren Einkaufstaschen Reklamehefte für die Theateraufführung eines Märchens bei sich tragen. Vielleicht wollen sie die in den Geschäften verteilen? Komm, wir schleichen ihnen nach."

Beim Bäcker und im Gemüseladen stecken die Frauen aber nur ihre Einkäufe ein, sie verteilen nichts.

„Vielleicht sind es doch nur alte Frauen", meint Inge.

„Nein, nein", ruft Beate, „die tun nur so harmlos. Die fressen Kinder und Kröten. Wir sind ihnen zu intelligent. Sie wissen, dass sie uns nicht locken können. Komm, ich hab jetzt Hunger, und die sehen nicht so aus, als hätten sie noch was Interessantes zu bieten", meint Beate und die Mädchen machen kehrt.

Als sie wieder an den Sozialbauten vorbeigehen, steigt gerade eine stark geschminkte Frau mit einem roten kurzen Rock und schwarzen Lackstiefeln bis zu den Oberschenkeln auf ein gelbes Moped.

„Heute ist wohl Tag der Verrückten bei denen", meint Beate.

Inge sagt nichts, sie beobachtet einen großen Mann mit Glatzkopf, der mit einem Hund an der Leine über den staubigen Vorplatz spaziert.

Er ist am ganzen Oberkörper tätowiert, auch auf dem kahlen Schädel. An den Unterarmen hat er rote und blaue Zeichnungen, sind es Blumen, nackte Frauen oder Schmetterlinge? An den Augenbrauen und den Ohren stecken Sicherheitsnadeln. Sein Hund ist ein weißer Bullenbeißer, der seine Zähne zeigt. Mann und Hund gehen den drei Hexen entgegen, die gerade mit ihren Einkäufen zurückkommen. Der Glatzkopf grüßt sie freundlich, sein Hund jault kurz auf und wedelt wie wild mit dem Stummelschwanz.

„Siehste", flüstert Beate verschwörerisch, „die sind bereits verhext von den Alten."

In einer der kommenden Wochen sehen Beate und Inge auf dem Nachhauseweg wieder diese Alten und beschließen, ihnen weiter nachzuspionieren.

Plötzlich bleiben die Frauen stehen und warten auf die Mädchen. Die Alte, die in der Mitte steht, zeigt lächelnd ihre Zähne und spricht sie an: „Ihr armen Kinder müsst so eine schwere Schultasche tragen. Ich bin die Erika. Wie heißt ihr beiden denn? Wir alten Frauen schleppen auch ganz schwer. Es wäre nett, wenn ihr unsere Einkaufstaschen die Treppe hochtragen könntet. Wir passen dann auf eure Taschen auf. Jede von euch bekommt zwei Mohrenköpfe."

Inge und Beate bleiben wie angewurzelt stehen, schauen sich an und rennen dann Hals über Kopf davon.

Als sie in ihrer Siedlung sind, lachen sie keuchend und machen Witze, aber Inge schämt sich eigentlich, dass sie so furchtsam waren. Sie sind doch keine Sechsjährigen mehr!

Am anderen Morgen nehmen die beiden Mädchen einen Umweg. „Bloß nicht mehr an diesem Hexenhaus vorbei", sagt Beate.

Sie hat von zuhause ein prächtig illustriertes Märchenbuch mitgebracht, in der Pause ziehen sich die beiden Freundinnen damit in einen Schulhofwinkel zurück und Beate liest Inge mit einem heimtückischen Lächeln einen Teil von Hänsel und Gretel vor:

„Die Alte hatte sich nur freundlich angestellt, sie war aber eine böse Hexe, die den Kindern auflauerte. Sie hatte das Lebkuchenhäuslein bloß gebaut, um sie herbeizulocken. Wenn eins in ihre Gewalt kam, so machte sie es tot, kochte es und aß es, und das war ihr ein Festtag. Die Hexen haben rote Augen und können nicht weit sehen, aber sie haben eine feine Witterung wie die Tiere und merken's, wenn Menschen herankommen."

„Oder hier", sagt Beate, blättert und liest weiter vor:

„Als Hänsel und Gretel in ihre Nähe kamen, da lachte sie boshaft und sprach höhnisch: ‚Die habe ich, die sollen mir nicht wieder entwischen!' Frühmorgens, ehe die Kinder erwacht waren, stand sie schon auf, und als sie beide so lieblich ruhen sah, mit den vollen roten Backen, so murmelte sie vor sich hin: ‚Das wird ein guter Bissen werden.'"

Ein paar Mädchen, die den letzten Teil mitgehört haben, lachen.

„Ein Junge kann schon ein schönes Fressen sein", meint eine Mitschülerin, und alle, auch Beate und Inge, lachen, bis ihnen der Bauch weh tut. „Ein guter Bissen, so ein Junge!", ruft Beate.

Nach zwei Wochen haben Beate und Inge keine Lust mehr, den Umweg zu gehen. Er kostet sie zehn Minuten ihrer kostbaren Zeit. Wer will schon aus Angst vor alten Frauen früher aufstehen, um einen

Umweg zu nehmen? Prompt begegnen sie auf dem Nachhauseweg den drei Alten, die mit vollen Einkaufstaschen auf sie zukommen.

„Na, ihr lieben Kinder", sagt die Frau in der Mitte und zeigt wieder ihre Zähne.

Bestimmt ein Gebiss, denkt Inge, so weiß wie die sind.

„Wie ist es euch ergangen? Wir haben euch vermisst."

Die sonst immer so auf Abstand bedachte Beate tritt näher und lächelt. „Können wir tragen helfen?", fragt sie und schnappt sich gleich eine der beiden Einkaufstaschen. Was bleibt Inge anderes übrig, als sich die andere Tasche geben zu lassen? Sicher will Beate reichlich belohnt werden.

„Mohrenköpfe", wie altmodisch ist das denn?, denkt Inge. Sie ist erleichtert, dass die Tasche nicht so schwer wiegt, wie sie aussieht.

„Welcher Stock?", fragt sie, als sie zusammen im Treppenflur stehen. Auch hier ist alles mit Graffiti vollgeschmiert.

Im dritten Stock stellen die Mädchen die Taschen ab, die alten Frauen haben Mühe, ihnen zu folgen. Inge will rasch wieder runter und raus, da bleibt Beate auf dem Treppenabsatz stehen und hält allen dreien die Hand hin: „Hallo, mein Name ist Beate".

Die Frauen sehen ganz verdattert aus. „Kommt doch bitte kurz in unsere Wohnung, damit wir euch noch danken können", sagt eine der Alten.

Inge ruft: „Ich habe keine Zeit, Mutter wartet mit dem Essen."

Beate meint: „Ich habe Zeit" und geht den Frauen nach.

Inge kann es nicht glauben: Beate, die sich immer so ekelt vor den Häusern, geht mit denen in die Wohnung? Sie läuft bis zur Straßenecke und behält das Haus im Auge, sie will auf Beate warten. Aber die kommt und kommt nicht. Beate hat zwar seit ihrem Geburtstag ein Handy, mit dem sie immer angibt, aber Inge hat natürlich keins, sie müsste schon zu einer Telefonzelle, um anzurufen, und das Haus will sie auf keinen Fall aus den Augen lassen. Was machen die so lange da drin? Haben die alten Frauen Beate gefangen, gefressen vielleicht? Schon eine halbe Stunde ist sie jetzt dort. Schließlich wird es Inge zu dumm, sie muss etwas unternehmen. Rasch läuft sie ins Haus, stellt sich auf den Treppenabsatz zum dritten Stock und ruft ganz laut: „Beate, Beate, komm doch endlich!"

Hinten im Flur bewegt sich etwas, es ist der Hund von dem bunten Glatzkopf. Er knurrt, zum Glück ist er an einen Türknauf angebunden. Wieder ruft Inge, so laut sie kann: „Beate! Beate!"

Plötzlich geht die Tür auf und der Glatzkopf kommt mit Beate heraus. Inge eilt auf Beate zu und zerrt sie hinter sich her, die Treppe hinunter.

„Wo ist dein Ranzen?", fragt sie im Laufen.

Jetzt erst merkt Beate, dass er fehlt.

„Halt", ruft sie, „ich muss zurück, ihn holen."

Hinter ihnen ruft jemand von oben: „Hallo, du hast deinen Ranzen vergessen!"

Es ist der Glatzkopf, er läuft die Treppe hinunter und reicht Beate ihr Schulzeug. „Dann  also bis nächsten Freitag, Beate, wie verabredet", ruft er ihnen noch nach.

Die beiden beschließen, erstmal nicht nach Hause zu gehen, Inges Mutter ist heute eh in der Arbeit, und Beate ruft zu Hause an, dass sie bei Inge mittagisst. Die beiden setzen sich auf eine Bank in der Nähe und Inge verlangt Auskunft: „Was hast du so lange in dem Hexenhaus gemacht, und wieso warst du bei dem Glatzkopf, und warum willst du wieder hin?"

Ritter und Spinnen

„Stell dir vor", erzählt Beate, „die ganze Wohnung der Alten ist voller Bücher, es müssen tausende sein. Die Wohnung ist superklein, aber überall Bücherregale bis zur Decke. Sie gehört dieser Erika, der Frau, die uns immer angesprochen hat. Kaum war ich zur Tür rein, bekamen sie auch noch Besuch von dem Glatzkopf. Seinen hässlichen Hund musste er aber draußen lassen, da war Erika streng. Hast du seine Tattoos gesehen? Was meinst du, was der beruflich macht?"

Inge zuckt die Achseln: „Naja, der ist doch bestimmt arbeitslos, ein Gammler halt."

„Falsch", ruft Beate triumphierend, „seine Wohnung soll auch voll mit Büchern sein und er schreibt sogar selbst. Nämlich Fantasy, die Bilder malt er selbst dazu. Er hatte eine Mappe dabei mit Bildern, wahnsinnig schön sind die! Er malt Ritter, Prinzessinnen, Drachen, Hexen, alles so lebendig, so bunt wie die Fernsehzeitschrift. Sein neues Buch soll von einer verzauberten Prinzessin handeln."

Inge muss lachen: „Schön bunt also, wie eine Fernsehzeitschrift? Du redest wie ein Baby. Vonwegen Prinzessinnen, der hat dir vielleicht auch einfach nur was erzählt! Und selbst, wenn alles so ist, wie du sagst: Männer, die kleine Mädchen anlocken, sind auf jeden Fall verdächtig. Du gehst da nicht mehr hin, sonst erzähle ich es deinen Eltern."

Beate stupst Inge und ruft: „Gar nichts wirst du sagen, du kommst einfach mit, dann wirst du es begreifen""

Was lockt Beate dorthin? Inge ist neugierig und beschließt, am Freitag nach der Schule gemeinsam mit Beate zu den alten Frauen zu gehen. Außerdem ist man zu zweit auch stärker und auf keinen Fall möchte sie noch einmal auf Beate warten müssen.

„Den Eltern erzähl ich einfach, dass wir ins Kino gehen", meint Beate. Inge nickt. Ihre Eltern sind sowieso beschäftigt, also wird es nicht groß auffallen, solange sie pünktlich zum Abendessen wieder daheim ist ...

Als die Mädchen die Wohnung im dritten Stock betreten, fällt Inge der Geruch auf: irgendwie staubig und süßlich zugleich. Sie muss an das Märchen von Hänsel und Gretel denken und an die Szene, als die Hexe Hänsel in einen kleinen Stall sperrt und Gretel ihrem Bruder etwas Gutes kochen soll, damit er fett wird und die Hexe ihn essen kann.

Die beiden zahnlosen Alten lächeln die Mädchen an. Unheimlich sieht das aus, wie sie den Mund verziehen. Nur diese Erika, die Frau mit dem Gebiss, lächelt nicht, sie hat eine Flöte im Mund und spielt eine kleine Melodie.

„Als Willkommen für euch", erklärt sie, „ein Lied aus der Zauberflöte."

„Schön", sagt Beate und stupst Inge mit dem Ellbogen an.

„Ja", stottert diese, in Gedanken war sie gerade beim Rattenfänger aus Hameln: Hat der nicht mit seinem Flötenspiel erst Ratten, dann Kinder angelockt und weggeführt, in einen tiefen Berg? Sie kamen nicht zurück.

Schon der Flur ist eng und vollgestopft mit Büchern. Im Wohnzimmer aber gibt es nicht nur Regale bis zur Decke, auch auf dem alten Teppich stapeln sich Bücher.

„Ihr wollt doch sicher einen Kakao trinken?", fragt eine der zahnlosen Frauen.

„Ja gern", Beate nickt und verschwindet mit der Alten in den Flur.

Ich werde lieber nichts trinken, denkt Inge. Vielleicht mischen sie uns ja etwas in den Becher, ein Betäubungsmittel oder so.

„Setz dich, setz dich", winkt Erika sie zu einer Couch, als plötzlich der tätowierte Glatzkopf in der Wohnzimmertür auftaucht.

Es hat gar nicht geklingelt, denkt Inge, hat er einen Schlüssel?

„Der Hund ist draußen", ruft er.

„Gut so", sagt Erika, „wir haben nämlich Gäste."

Der Mann reicht Inge seine Hand, die aussieht wie eine Kralle, er hat schwarze Fingernägel und viele Silberringe.

„Ich heiße René, und du?"

Sie ignoriert die Frage und verschränkt ihre Hände hinterm Rücken. So ist es doch immer, die machen erst auf freundlich und hinterher wollen sie einen fotografieren, möglichst nackt. Zum Glück kommt gerade Beate mit zwei Bechern zurück. Sie setzt sich auf den Teppich zwischen zwei Bücherstapel. Inge macht es ihr nach. Auf der Couch ist neben Erika und der einen zahnlosen Alten sowieso kaum mehr Platz. Der Glatzkopf hat sich auf einen Sessel gesetzt und zieht einen Stapel Papiere aus seiner Jackentasche.

„Das wird mein neuestes Werk, es fehlen natürlich noch einige Kapitel. Aber ich bin gespannt, was ihr zu dem hier sagt." Beate reicht Inge einen Becher, die schüttelt den Kopf, obwohl sie Durst hat. Die Luft in diesem engen, vollgestopften Raum ist trocken und staubig.

„Ich fasse den bereits vorgelesenen Text für die junge Dame ohne Namen zusammen", er blickt in Inges Richtung. „Es geht um einen jungen Ritter, der von einer alten weisen Frau erfahren hat, dass er ein angenommenes, eigentlich ein geraubtes Kind ist. Seine Eltern waren reiche Edelleute und hatten keine Kinder. Wie es damals und auch heute noch in Kriegen üblich ist, machen die Sieger eines

Krieges in dem Land, das sie überfallen, Beute. Sie nehmen nicht nur Geld und wertvolle Gegenstände mit, sondern auch Sklaven, darunter viele Kinder. Einige werden als billige Arbeitskräfte verkauft,

andere von kinderlosen Paaren als eigene Kinder angenommen. Also es geht in der Geschichte um diesen jungen Ritter, der erfährt, dass seine Eltern nicht seine leiblichen Eltern sind. Er hat erfahren, dass er von dem Nachbarvolk abstammt, gegen das er jetzt kämpfen soll."

Hier streicht René über seine Papiere, räuspert sich und schaut in die Runde: „Also dann, ich lese weiter, Und bitte sagt mir ganz ehrlich, was ihr denkt!"

Die alten Frauen applaudieren und nicken, Inge sieht Beate von der Seite an: Auch die scheint ganz gebannt auf die Geschichte zu warten.

„,Vielleicht töte ich, ohne es zu wissen, meine Brüder oder andere Verwandte?', überlegte Marko.", liest René. „Voller Verzweiflung legte er seine Rüstung ab, schlich sich in den Stall und floh mit seinem Pferd noch in derselben Nacht ins Gebirge. In den Höhlen der Krakaschlucht, das hatte er einmal auf dem Markt gehört, sollte ein merkwürdiges Volk leben. Ein unheimliches Volk mit brennenden Augen und brüchiger Haut, aber es konnte, so hieß es, Gedanken lesen und die Zukunft voraussagen.

,Wer will schon wissen, wann er sterben wird', dachte Marko. ,Aber vielleicht können diese Fremden mir helfen, meine Verwandten zu finden?'

Erschöpft von seinem langen Ritt legte er sich schließlich, schon weit im Gebirge, in einer großen

Höhle zum Schlafen nieder, sein Pferd band er neben sich an.

Ein Wiehern weckte ihn, Marko schreckte auf, sein Pferd scheute, als habe es etwas Bedrohliches entdeckt, eine Schlange vielleicht?"

An der Tür klingelt es, der Hund bellt. Erika stützt sich vom Sofa hoch und schlurft hinaus, um nachzusehen. Nach einer Weile kommt sie mit einem Paket zurück: „Schaut mal, das sind die bestellten Bücher."

Inge sieht sich im Raum um und fragt sich, wo die wohl noch Platz finden sollen. Bei uns zu Hause stehen Blumenvasen, Bilderrahmen und Porzellanfiguren auf den Regalen, hier gibt es nur und ausschließlich Bücher. Ob die überhaupt alle gelesen worden sind?

„Wir packen nachher aus, lies bitte weiter, René", ruft Erika und quetscht sich wieder auf das Sofa neben die anderen Frauen. Inge sitzt vor ihr auf dem Boden, sie kann unter Erikas Rock blicken. Sie sieht dicke Schenkel, die in einer löchrigen Strickstrumpfhose stecken. An den Füßen hat Erika viel zu große Filzpantoffeln, hässliche Dinger. Inges Oma sagt immer: „Man kann sich auch als armer Mensch täglich waschen und ordentlich kleiden." Erika muss Inges Blick bemerkt haben. Sie lächelt und zeigt auf das Regal gegenüber.

„Da ist mein ganzes Geld begraben", flüstert sie Inge zu. „Das sind meine Schätze."

René räuspert sich wieder und liest weiter:

„Es war keine Schlange, sondern eine riesige Spinne, die über die Felswand auf Marko zukroch. Nun erst bemerkte er, dass der Höhleneingang von einem riesigen Spinnennetz überzogen war. Marko packte sein Pferd am Zügel, wich vor der Spinne Richtung Eingang zurück und schlug mit seinem Schwert auf das Netz ein. Aber es schwang nur leicht und ließ sich nicht durchtrennen.

Da hörte er eine hohe, vibrierende Stimme, es war die Spinne, die zu sprechen anfing: ‚Ohne zu fragen, bist du in unsere Höhle eingebrochen. Mein Netz soll dich lehren, wie unhöflich das war. Gehört es sich nicht, erst darum zu bitten, Einlass zu erhalten? Nun sieh zu, wie du wieder herauskommst. Das ist unser Land.'

Was sollte Marko antworten? Sollte er die Spinne mit seinem Schwert zerschmettern? ‚Sehr geehrte Spinne', begann er, ‚ich bin ein Fremder, der zu dem Höhlenvolk will, weil ich ihren Rat brauche. Niemals wäre ich hier eingedrungen, wenn ich gewusst hätte, dass dies euer Reich ist. Ich war erschöpft von dem langen Ritt und sah es nicht, das Netz.'

Die Spinne hebt eines ihrer langen Vorderbeine: ,Es war gestern noch nicht da, aber dennoch hättest du fragen oder rufen müssen.'"

Gleich wird ihn die Spinne fressen oder verzaubern, überlegt Inge. So ist es doch in allen Märchen. Sicher ist die Spinne eine Prinzessin, er muss sie küssen und dann wird sie zurückverwandelt. Ist das eine langweilige Geschichte, immer dasselbe: Küssen, befreien, heiraten, Kinder kriegen. Sie gähnt laut, steht auf, um das Fenster zu öffnen. Alle Augen sind auf sie gerichtet. Sie spürt es wie Stiche im Rücken. René legt seine Blätter neben sich auf die Sessellehne und fragt: „Wollt ihr mir vielleicht helfen, die Geschichte weiterzuschreiben, habt ihr ein paar Ideen für mich? Beate, wie soll die Begegnung mit der Spinne für dich enden?"

Nun fragt er ausgerechnet Beate, da kennt Inge schon die Antwort: Spinne küssen, die wird zur schönen Prinzessin, dann wird er sie heiraten, er wird König, es kommen viele kleine Spinnenkinder zur Welt.

Inge muss lachen. Beate blickt grimmig in ihre Richtung. Laut ruft sie in die Runde: „Der Ritter muss die Spinne küssen, sie ist eine verwandelte

Prinzessin. Nach dem Kuss nimmt sie ihre alte Gestalt wieder an. Der Ritter reitet mit ihr in ihre Heimat und erhält sie zur Ehefrau. Er wird nach einigen Jahren König des Landes."

Oh Mann, denkt Inge, die träumt wohl von ihrem Freund, diesem Tennislehrer, wie heißt der noch, Gert?

„Nein", protestiert sie laut, „das ist ein langweiliger Schluss. Dieser Marko muss doch erst erfahren, wer seine Eltern sind. Die Spinne ist nur der Schlüssel zum Reich der geheimnisvollen Leute mit den brennenden Augen, sie ist so eine Art Türwärter. Er muss erst die Spinne überzeugen, dass er in friedlicher Absicht kommt."

„Bravo", ruft eine der zahnlosen Alten, „Klar, es muss doch eine längere Geschichte werden. In allen Märchen müssen gute Taten auf dem Weg zur Erlösung begangen werden. Also muss der Ritter erst der Spinne dienen. Vielleicht kann sie, weil sie alt ist, nicht mehr so gut Netze bauen. Er hilft ihr dabei."

Inge muss sich ein bisschen anstrengen, um alles zu verstehen, was sie sagt, ohne Zähne hört sich das ziemlich komisch an.

Erika lacht: „Das hast du schön gesagt, Hilde, die Spinne ist alt und hat ausgedient, wie wir. Darum ist sie auf die Hilfe von jüngeren Wesen angewiesen. Auch wir könnten einen Ritter wie Marko gebrauchen, der uns zur Hand geht, wenn uns das Kreuz wehtut von den schweren Einkaufstaschen."

Alle lachen, auch die Mädchen.

„Dann lasst uns die Geschichte nächsten Freitag weiter besprechen", schlägt René vor. „Den Abschnitt mit der Spinne schreibe ich bis dahin zu Ende und lese ihn euch dann vor. Wenn ihr Mädchen wollt, kann ich euch auch mein letztes Buch schenken, auch eine Fantasygeschichte."

Inge blickt auf die Uhr und erschrickt: „Beate, lass uns nach Hause gehen, ich bekomme Ärger, wenn ich nicht um fünf da bin."

Gemeinsam mit René verabschieden sie sich von den Frauen und gehen zur Wohnungstür, wo sein Hund angebunden ist und zur Begrüßung von René winselt.

„Sag mal", fragt Inge den tätowierten Glatzkopf, „verkaufst du viele Bücher? Kann man vom Bücherschreiben eigentlich leben?"

René lacht: „So einigermaßen, aber das ist doch nicht das Wichtigste, ich meine Geld, das ist doch nicht so wichtig."

Beate reißt die Augen weit auf. Sie schüttelt den Kopf und zieht Inge hinter sich her. Als sie durch das dustere Treppenhaus und aus der Haustür sind, sagt sie: „Ich glaube, die spinnen alle, die sind doch echt verrückt. Ich geh da nicht mehr hin. Gerade denen könnte doch Geld helfen, aus dem Loch da rauszukommen. Als wäre es unwichtig, Geld zu haben. Ich möchte mir mal alles leisten können, wenn ich groß bin: Reisen, Häuser, Essen, Angestellte, auch Gesundheit ist eine Sache von Geld, sagt mein Vater, denn man kann zu den besten

Ärzten der Welt reisen, wenn man krank ist. Und hast du jetzt gesehen, wie klein die Wohnung ist, in der die Frauen leben? Die haben doch nicht einmal Geld für einen Friseur."

Inge wartet, bis Beates Redeschwall aufhört, dann meint sie: „Auf jeden Fall ist es doch verdächtig, dass die einfach fremde Kinder zu sich in die Wohnung nehmen."

Beate meint: „Außerdem stinkt es da und die sind dreckig. Ich will nicht mehr hin."

In der Nacht träumt Inge von diesem René. Spinnen krabbeln über ihren Körper, sie spinnen sie in einen Kokon, um sie dann langsam auszusaugen. Der Glatzkopf steht neben ihr und lacht, dann greift er in ihre Haare. „Na, schönes Kind", sagt er. „Soll ich dich retten?"

Träume und Tauben

Früher hat Inge ihre Träume der Mutter oder Beate erzählt. Inzwischen behält sie das lieber für sich. Auf keinen Fall sollen die Eltern etwas über den Besuch bei den alten Frauen erfahren und erst recht nichts von René. Daneben gibt es noch etwas, das Inge vor den Eltern geheim hält. Das sind ihre Besuche bei dem alten Bergmann.

An einem der Samstagnachmittage, als Beate mal wieder beim Tennis war, ist Inge mit ihrem Rad am Stadtrand entlanggefahren und hat ganz in der Nähe der Neubausiedlung ein kleines altes Häuschen bemerkt. Darüber kreiste ein Taubenschwarm, und als Inge näherkam, sah sie einen alten Mann, der den Tauben zusah. Schließlich landeten sie auf seinen Armen, vor seinen Füßen, und er fütterte sie mit Körnern. Als der Mann Inge am Zaun bemerkte, begann er mit ihr zu plaudern. Vor zwei Jahren war seine Frau gestorben, jetzt hatte er nur noch seine Tauben. Er erzählte auch Abenteuer aus seiner Zeit als Bergmann, vor allem die Geschichte von seinem Grubenunfall hat Inge beeindruckt. Zusammen mit fünf Kollegen war Herr

Martin, so hieß er, drei Tage in der Grube eingeschlossen, in Dunkelheit und Hitze gefangen. Die Luft wurde von Tag zu Tag dünner, es gab nichts zu essen und zu trinken.

„Du glaubst gar nicht, was für schwarze Gedanken mir da im Kopf herumgingen. Wir gaben Klopfzeichen, wechselten uns dabei ab. Wir wurden immer schwächer. Am vierten Tag haben sie uns endlich gefunden und aus dem Stollen befreien können. Wie durch ein Wunder war keiner schwer verletzt. Als wir wieder oben ankamen, schmerzte das Licht in den Augen. Wir erfuhren, dass die Kameraden im Nachbarstollen tot geborgen worden waren."

„Und was ging Ihnen damals unten in der Grube durch den Kopf, hatten Sie Todesangst?", fragte Inge gebannt nach.

Er hustete: „Ich weiß gar nicht, ob du das verstehen kannst. Ich dachte, wenn nur einer von uns überleben will, dann muss er die anderen töten, weil wir sonst alle ersticken, bevor Hilfe kommt. So schlimme Gedanken kann man haben. Andere Kameraden haben gebetet. Ich schäme mich noch heute für diese Gedanken."

Seitdem ist Inge immer mal wieder zu dem Häuschen geradelt und hat im Garten von Herrn

Martin die Tauben gefüttert und seine Geschichten angehört.

Endlich sind Sommerferien, es ist ungewöhnlich heiß. Leider hat Inges Vater keinen Urlaub bekommen, er hat eine neue Stelle antreten müssen.

„Da kann ich mich jetzt auf jeden Fall beweisen, das ist doch eine Chance für mich", erklärt er, „und auch für uns: Wir können uns dann vielleicht schon nächstes Jahr einen tollen Urlaub leisten".

Inges Mutter schaut betrübt, sie wollte eigentlich wie jedes Jahr an die Ostsee reisen. Nun wird sie vielleicht sogar mehr Schichtdienst im Labor machen. Das Haus ist noch lange nicht abbezahlt, meint sie, „und so kommen wir schneller in den grünen Bereich. Außerdem kannst du uns ja in deinen Ferien gut unterstützen", sagt sie zu Inge. Einkaufen, kochen, putzen, die Wäsche machen, den Rasen mähen: Inge stöhnt, das sind ja tolle Aussichten. Statt auf der Terrasse in der Sonne zu sitzen, müssen jetzt alle arbeiten. „Dafür machen wir es uns dann abends und am Wochenende zu Hause so richtig gemütlich", meint Mutter zu Inge und lächelt, aber Inge merkt, dass ihr wohl eher zum Heulen und Fluchen zumute ist. Beate wird natürlich mit ihren Eltern verreisen, nach Spanien. Na, wenn die Eltern arbeiten, kann ich wenigstens tun, was ich will, denkt Inge.

Die erste Ferienwoche ist tatsächlich entspannt. Inge macht im Haushalt nur das Nötigste, legt sich dann auf die Terrasse in die Sonne, trinkt Limo und liest dabei die Bücher ihrer Mutter. Es sind langweilige Liebesromane.

Was machen wohl Erika und die zahnlosen Hexen? Ob René seine Spinnengeschichte schon zu

Ende geschrieben und vielleicht sogar schon veröffentlicht hat? Inge unterdrückt die Neugier, ohne Beate wird sie auf keinen Fall zu den Verrückten gehen.

Plötzlich hat sie eine Idee: Sie setzt sich an den PC ihres Vaters und geht ins Internet. Sie gibt „Fantasy" ein und „René" und sucht so lange, bis sie auf ein Foto von dem Glatzkopf, stößt. Tatsächlich ist er als Jugend- und Kinderbuchautor bekannt. Die Bücher sind auch von ihm illustriert, wie Beate schon erzählt hat, Inge klickt eines der bunten Cover an. Darauf lehnt ein Junge an einem Graffitibild. Der Titel lautet: „Theo und die Nachtbande". Inge notiert ihn sich und geht in den einzigen Buchladen der Stadt, um das Buch zu bestellen. Klar, muss sie dafür etwas von ihrem kostbaren Taschengeld opfern, aber immerhin kann sie so auch herausfinden, ob der Glatzkopf wirklich schreiben kann oder nur süßliche Prinzessinnengeschichten produziert.

Sie liegt auf Mutters Gartenliege und liest den ganzen Tag über, am Abend hat sie den Band ausgelesen. Sie betrachtet die farbenfrohen und detailreichen Illustrationen. Ein gutes Buch, muss sie zugeben. Es handelt von einem Jungen aus einer kaputten Familie, der in einem Sozialbau aufgewachsen ist und sich gegen einige dort lebende Drogendealer verteidigt. Es gelingt ihm, diesen Typen eine Falle zu stellen, so dass die Polizei sie verhaften kann.

So ein Buch würde ich auch gerne schreiben, überlegt Inge.

Am anderen Morgen steht sie früher als sonst auf und freut sich beim Blick aus dem Fenster, weil ein Regenbogen sich über den Himmel spannt. Sie hat das Gefühl, angestrahlt zu werden.

„Das habe ich ja noch nie gesehen, ein buntes Licht schaut in mein Zimmer", ruft sie laut. Ihr Schlafzimmer liegt im ersten Stock zum Garten hin. Schnell läuft sie, noch im Nachthemd, die Treppe hinunter und auf die Terrasse. Vater und Mutter sind längst auf der Arbeit. Inge tanzt im Sprühregen, im Licht des Regenbogens. Als er verschwindet, sieht sie, noch trunken vom Tanz und den Lichtern, dass in der Ecke am Zaun ein blauer Müllsack liegt. Sicher sind es Gartenabfälle, denkt sie, die soll ich wahrscheinlich auf den Sammelplatz für Gartenmüll tragen. Mit nackten Füßen nähert sie sich dem blauen Sack und öffnet das Band, mit dem er verschnürt ist. Es schlägt ihr ein widerlicher Gestank entgegen.

„Hallo, guten Morgen!", ruft da jemand über den Zaun. Es ist der Nachbar, Herr Schröder: „Den Sack bring ich nachher weg, lass ihn ruhig da liegen. Ich glaube, die Viecher sind am Rattengift gestorben. Du weißt doch, dass es hier viele Ratten gibt und dass überall Gift herumliegt, um sie loszuwerden."

Inge stutzt, sind da jetzt Ratten drin, oder was? Rasch macht sie sich davon, schließlich hat sie nur ein dünnes, kurzes Nachthemd an.

Irgendwie ist der Tag, der so schön begann, nun verdorben.

Am Nachmittag hat Inge das Buch vom Glatzkopf zum zweiten Mal gelesen.

„Ich kann das auch", sagt sie laut und setzt sich an Vaters PC. Sie will selbst eine Geschichte tippen, eine Fantasygeschichte. Spannend soll sie werden, eine fremde Welt voller Abenteuer und Verbrechen. Zum Schluss kommt ja dann meistens eine Befreiung oder ein Fest. Aber bloß keine Hochzeit, denkt Inge. Doch wie fängt man an? Ungeduldig starrt sie auf den Monitor und fährt den PC dann wieder herunter. Sie holt ihr Fahrrad aus der Garage und startet Richtung Sportplatz, beim Radeln wird sie bestimmt ein paar Ideen bekommen. Vielleicht trifft sie auch einige Jungs aus der Schule beim Fußballspiel?

Kurz vor dem Sportplatz kommt sie am Sammelplatz für Gartenabfälle vorbei. Steht dort nicht das Auto ihres Nachbarn? Ja, er schüttet gerade den Inhalt von einem Plastiksack auf einen Haufen. Bestimmt der Sack von heute früh, denkt Inge und beschließt im Weiterfahren, nachher einmal zu überprüfen, ob Herr Schröder da jetzt wirklich tote Ratten hingekippt hat.

Auf dem Sportplatz ist kein Mensch, kein Wunder, es ist auch ziemlich schwül, bestimmt kommt bald ein Gewitter. Selbst vom Radfahren läuft Inge schon der Schweiß aus allen Poren.

Auf der Rückfahrt hat sie Herrn Schröder eigentlich schon vergessen, aber am Abfallplatz fällt ihr wieder ein, was sie vorhatte.

Sie bremst stark ab, lehnt ihr Rad an die Umzäunung und geht durch das offene Tor zu dem großen Abfallberg. Jede Menge Äste, abgeschnittener Rasen, alte verblühte Stauden und Teile abgesägter Bäume liegen vor ihr. Es riecht ganz muffig.

Inge beginnt, mit einem festen Ast in dem Abfall herumzustochern, als sie die Federn sieht. Schließlich gelingt es ihr, eine Taube unter den Rasenresten herauszuziehen. Der schöne Vogel hat ein Loch im Bauch. Inge stochert weiter, noch eine Taube kommt zum Vorschein, auch sie mit Loch im Bauch. Schnell zieht Inge mit dem Ast die frischen Rasenabfälle wieder über die beiden toten Vögel. Dann steigt sie traurig auf ihr Rad.

Sie hat schrecklichen Durst, und das Treten fällt ihr schwer. Morgen fahre ich zu Herrn Martin, nimmt sie sich vor. Es werden doch sicher nicht seine Tauben sein, die da auf dem Müll liegen?

Als sie schon in ihre Straße einbiegt, wird ihr plötzlich schwindlig, sie taumelt und muss absteigen. Das letzte Stück zum Haus schiebt sie ihr Rad, strauchelt ins Haus, in die Küche und streckt den Kopf unter den Wasserhahn. Sie trinkt gierig das kalte Wasser.

Jetzt nichts wie unter die Dusche, denkt sie, und rennt die Treppe hinauf. Die Badezimmertür ist abgeschlossen. Ihre Mutter ruft: „Bin gleich fertig, Kleines!"

Ungeduldig tigert Inge in ihrem Zimmer auf und ab. Sie fühlt sich dreckig, so als würde das Blut der unschuldigen Tauben an ihr kleben. Endlich ist ihre Mutter fertig, nun kann sie sich den Staub vom Leib schrubben.

Am nächsten Vormittag setzt Inge sich wieder an den PC. „Wenn du nicht an meine Dateien gehst und dir einen eigenen Ordner anlegst, um die Arbeit dort abzuspeichern", hat ihr Vater gemeint, als sie ihn um Erlaubnis fragte. Natürlich hat sie erzählt, sie wolle etwas für die Schule vorbereiten. Mit gerunzelter Stirn beginnt sie zu tippen:

Das Rattenkind hatte elf Geschwister. Zwei starben bei der Geburt, sie kamen nicht schnell genug aus dem Bauch der Mutterratte.

Oder schreibt man Rattenmutter?, überlegt sie und fährt fort:

Sie sind dann einfach erstickt. Zwei andere Rattenjungen starben kurz nach der Geburt. Sie wurden von den anderen Geschwistern totgedrückt.

Totgedrückt klingt viel zu niedlich, ich schreibe *totgequetscht.*

Die Rattenmutter hatte lange hungern müssen, entsprechend schwach war sie und auch ihre Jungen. Zwei weitere Rattenjunge ...

Oder soll ich Rattenkinder schreiben?

... bekamen zu wenig Muttermilch ab. Ob sie zu schwach zum Saugen waren oder ob die anderen Geschwister ihnen die wenige Milch weggetrunken haben, ist nicht klar, sie sind auf jeden Fall verhungert. Der Stärkere setzt sich durch, der Schwächere geht eben leer aus. So ist es im Pflanzen-, im Tier- und im Menschenreich.

Wenn nur ein Rattenkind übrig bleiben soll, muss ich noch wie viele sterben lassen? Dann müssen noch vier dran glauben. Woran sollen sie sterben? An Rattengift und an Erfrierung vielleicht, noch besser wäre eine Seuche, irgendetwas wie die Pest. Die Natur macht doch solche Dinge, das ist wie beim Menschen. Manche haben zehn Kinder, von denen dann nur wenige überleben. Vater hat einmal erzählt: „Deine Urgroßmutter hatte zehn Kinder, nur vier haben das Erwachsenalter erlebt. Bei den armen Indern oder Afrikanern ist es immer noch so, die kriegen einen ganzen Stall voll Kinder, von denen viele sterben. Die vermehren sich wie Ratten."

Auf jeden Fall bleibt in meiner Geschichte nur ein Rattenkind übrig. Inge macht einen Absatz, da kann sie nachträglich etwas zum Tod der anderen reinschreiben, und tippt weiter:

Als es schon fressen konnte, also ohne Muttermilch ausgekommen ist, stirbt die Rattenmutter.

Auf dem Papier geht alles leichter, das Hungern und Sterben auch, denkt sie. Nichts davon tut weh, und das ist ja das Schöne. Es stinkt auch nicht, wie auf dem Abfallplatz, niemand schreit vor Hunger. Man hungert mit den Ratten, hat aber seine Kekse immer griffbereit auf dem Schreibtisch. Simsalabim, wie im Märchen.

Die junge Ratte entdeckt diesen großen Sack mit den toten Tauben, nun kann sie fressen, bis ihr der Bauch platzt.

Wer hat die Vögel eigentlich erschossen? Sie hatten Löcher in der Brust. Tauben sind doch Symbole des Friedens, sogar des Heiligen Geistes oder wie war das? Ich schau mal im Internet nach und drucke ein paar Fotos von Tauben und Ratten aus, die ich dann zeichne. Der Glatzkopf René macht es sicher auch so. Ein tolles Ferienprojekt wird das, ein tolles Buch.

Was für Abenteuer soll das Rattenkind erleben? Soll ich nicht erst einen Plan machen, bevor ich weiterschreibe? Aber wer hat die Tauben getötet? Der blaue Sack war wahrscheinlich derselbe wie der heute Morgen, der bei uns im Garten lag. Und hat der Nachbar nicht neulich was von Jagd gesagt?

Inge isst ihre Kekse und druckt fünf Fotos von Ratten aus, dann fährt sie den Computer runter. Aber Papier und Buntstifte legt sie für morgen schon einmal bereit, der Tag heute war anstrengend genug.

Sie fällt in einen tiefen Graben, dort wimmelt es von Ratten. Sie schreit, sie schreit, aber niemand scheint sie zu hören. Es sind graue, weiße und schwarze Ratten, die über sie krabbeln, sie beißen, sie anglotzen mit ihren runden stechenden Augen. Plötzlich setzt sich eine riesige Ratte auf ihre Brust, sie hat ein räudiges Fell, nur der Kopf ist glattrasiert. An den Ohren hat sie Ringe und bunte Knöpfe.

Die Ratte spricht zu Inge: „Du bist in unser Reich eingebrochen, schau, dass du schnell wieder verschwindest, oder wir fressen dich." Wieder schreit Inge, schlägt um sich.

Die Leselampe auf dem Nachttisch fällt laut auf den Boden, Inge schreckt mit Herzklopfen hoch. Der Wecker zeigt 10:12 Uhr, die Eltern sind schon weg, zur Arbeit. Sie stellt sich unter die Dusche, lässt kaltes Wasser über den Kopf laufen. Nun geht es ihr besser.

Nach dem Frühstück schaut sie in den Garten, der Himmel ist grau, dicke Regentropfen fallen gegen die Scheiben. Kein Tag für einen Radausflug zu Herrn Martin. Sie setzt sich wieder an Vaters Schreibtisch, dort liegen die ausgedruckten Bilder von den Ratten und ihre Buntstifte. Sie versucht, ein Foto abzuzeichnen, und merkt, wie schwer das ist.

Zu schwer, denkt sie und betrachtet das Ergebnis: Die Nase sieht aus wie eine Hundeschnauze, die Ohren sind viel zu weit hinten und erinnern eher an Eselsohren. Sie nimmt ein neues Blatt und zeichnet aus dem Kopf diese riesige Ratte von heute Nacht, die Ratte mit Glatzkopf, Piercings und räudigem Fell. Eine Ratte wie René, der Bücherschreiberling? Sie zerreißt das Blatt.

Was mache ich jetzt? Dann soll es eben ein Buch ohne Bilder werden!

Sie setzt sich an den PC, aber statt ihre Geschichte zu öffnen, geht sie ins Internet und sucht dort, ob René eine Webseite hat. Tatsächlich findet sie eine Seite zu ihm bei seinem Verlag. Das Foto von ihm, das dort zu sehen ist, sieht richtig harmlos aus. Da hat er sogar Haare, vielleicht ist es eine Perücke oder ein altes Foto?

Sie blickt aus dem Fenster. Es hat zu regnen aufgehört. Was soll's, denkt Inge, auf zu Herrn Martin!

Der alte Bergmann

Herr Martin ist nicht bei seinem Taubenschlag im Garten.

„Hallo!" Inge steigt vom Rad und geht den kleinen Weg zwischen halb verwilderten Blumenrabatten zum Backsteinhaus. Die Haustür steht halb offen.

„Hallo?" Zögernd betritt Inge den engen Flur, bleibt stehen und betrachtet ein Schwarzweißfoto im Goldrahmen, das vorne neben dem Eingang hängt.

Dieser kleine Goldrahmen hebt das Foto hervor, flüstert: „Schau mal, sind das nicht tolle Zeiten gewesen, goldene Zeiten!" Sicher ist das so eine Ernennung zum Schützenkönig, eine besondere Ehre, vielleicht ist es ein ähnliches Gefühl wie bei der Ernennung zum Direktor einer Bank oder zum Faschingsprinz. Für Frauen gibt es ja auch solche besonderen Ernennungen, Frau Professor klingt lange nicht so gut wie Weinkönigin oder Tanzmariechen.

Der Flur des kleinen Gebäudes ist dunkel und kalt. Es riecht nach Bohnerwachs und Pfeifenrauch.

„Herr Martin?", probiert Inge es noch einmal, weiß aber eigentlich, dass Rufen bei Herrn Martin fast so sinnlos ist wie Klingeln, der alte Herr hört sehr schlecht und sieht auch nicht mehr gut, aber er will nicht ins Altersheim, „noch nicht", sagt er ihr immer, „denn wer soll sich dann um meine Tauben kümmern?"

Das Haus ist sicher uralt, es ist aus dicken Feldsteinen gebaut. Inges Vater meinte, diese feuchten alten Häuser seien kein Ort zum Leben. Die Stadt überlegt, die letzten Häuser der ehemaligen Bergarbeitersiedlung zu Baudenkmälern zu erklären.

Jetzt ruft sie laut: „Herr Martin ich bin's!" Keine Antwort, dann hört sie weiter vorne Dielen knarren. Inge öffnet die nächste Tür und sieht Herrn Martin still in seinem Fernsehsessel sitzen. Als sie eintritt, hebt er den Kopf und schaut sie wie aus weiter Ferne an.

„Nur drei sind zurück, wo sind die andern?", fragt er, seine Stimme ist rau.

Inge setzt sich auf einen der Stühle: „Ihre Tauben sind weg?"

Er nickt und schweigt. Das ist ungewöhnlich, sonst redet er ihr immer so viel. Soll sie ihm jetzt von dem blauen Sack mit den erschossenen Tau-

ben erzählen? Lieber nicht, dann trifft ihn womög-
lich der Schlag.

„Sie sollten vielleicht einfach abwarten? Oder
einmal andere Taubenzüchter anrufen?"

„Danke, Fräulein Inge, aber das habe ich schon.
Einige Kollegen vermissen auch Tauben. Vielleicht
ist wieder eine Seuche ausgebrochen, das gab es
schon mal."

Inge merkt, dass ihr Tränen in die Augen stei-
gen. Was für eine Gemeinheit, die Vögel zu er-

schießen. Wenn Herr Schröder das war ... oder hat sogar ihr Vater mitgeschossen? Aber der hat doch kein Gewehr.

Herr Martin sitzt wie erstarrt in seinem Sessel. Inge will etwas tun, um ihm zu helfen. Am besten bringt sie ihn zum Erzählen, denn Reden ist gut, wenn man sich Sorgen macht. Mama sagt das auch immer: „Wenn du redest, dann fühlst du dich gleich leichter, es ist so, als würdest du eine Last los."

Inges Blick gleitet über den Tisch und das Regal, auf dem fast nur Bücher über Tauben und andere Vögel stehen, neben Fotoalben und Porzellanfiguren.

„Seit wann haben Sie eigentlich den Taubenschlag, Herr Martin?"

Er hustet, eigentlich hustet er immer, besonders wenn er aufgeregt ist oder schnell sprechen will.

„Das muss in den Sechzigern gewesen sein, viele Bergleute haben sich ja Tauben gehalten, da hab ich meinen ersten Schwarm gekauft. Ich habe früher ja viel mehr Tauben gehabt, und natürlich erkenne ich sie auch alle, das weißt du ja. Jetzt vermisse ich Susi, Lori, Hansi, Mimi, Wasi und Geri. Vielleicht sind sie an dem vergifteten Getreide gestorben, das die Leute überall hinlegen wegen der vielen Ratten. Das ist überhaupt nicht erlaubt, es

kann auch andere Vögel und sogar Menschen töten."

Inge nickt: „Bei uns in der Siedlung gibt es auch
Ratten und Mäuse."

Wieder hustet Herr Martin. „Das kommt von
der Staublunge", entschuldigt er sich. „Gestern
stand hier so ein merkwürdiger Typ mit seinem
Hund hinterm Zaun. Ich habe mich regelrecht
gefürchtet. Er sah ganz abgerissen aus, der kahle
Schädel voller Tattoos, so heißen doch diese Male-
reien auf der Haut. Er rief mir zu: ‚Die wollen Ihre
Tauben töten, die von der Neubausiedlung.‘ Ich
habe mich nach drinnen verzogen, weil ich dachte,
der will mir nur Angst einjagen. Aber jetzt ... ande-
rerseits, warum sollte so ein scheußlicher Kerl die
Wahrheit sagen?"

„Wie sah denn der Hund aus, Herr Martin? War
es ein weißer Bullterrier?"

Er nickt: „Sag bloß, der ist ein gesuchter Ein-
brecher?"

Inge muss lachen: „Nein, ich glaube, ich kenne
ihn, der ist ganz harmlos, er ist Schriftsteller von
Kinderbüchern."

Herr Martin hustet, er kann gar nicht aufhören
zu husten. Er steht auf und schnappt nach Luft, da
kommt eine Taube durch die Außentür ins Wohn-

zimmer und tanzt gurrend vor seinen Füßen. Er gibt ihr mit der ausgestreckten Hand zu verstehen, dass sie auf seinem Arm landen kann. Schon sitzt sie nickend auf ihm.

„Schau mal, das ist Tedi, sie vermisst Hansi. Dann hatte der Typ, dieser Schriftsteller, wahrscheinlich recht. Was soll ich jetzt machen, was sollen wir jetzt machen?", fragt er die Taube und seufzt tief.

Inge blickt nachdenklich aus dem kleinen Fenster in den Garten. Hinterm Zaun nähert sich ein Mann mit Hund.

„Wenn man vom Teufel spricht", ruft sie erleichtert. „Kommen Sie, Herr Martin, das ist der bunte Glatzkopf, Sie können ihn jetzt selbst fragen."

„Komm bitte mit, Fräulein Inge", sagt der alte Herr, sicher fürchtet er sich vor dem Hund. Die beiden gehen durch den Garten bis zum Tor. René winkt, als er Inge erkennt. Dann befiehlt er dem Hund zu sitzen und reicht seine Hand über den Zaun. Zögerlich gibt Herr Martin ihm die Hand, Inge nickt nur und sagt „Hallo", als er sie mit den Worten begrüßt: „Was für eine Überraschung, da ist ja auch das namenlose Mädchen mit den guten Ideen".

Inge fühlt, dass sie rot wird, aber Herr Martin sagt schon: „Das ist Inge, sie kennt Sie, hat sie gesagt, und Sie wissen etwas über meine Tauben?"

„Ich weiß, wer Ihre Tauben erschossen hat", bestätigt René. „Es waren zwei Männer aus der Neubausiedlung, ich habe sie in der Morgendämmerung neulich beobachtet, als ich mit Dicky Gassi war."

„Dicky?", rutscht es Inge heraus.

„Ja", lächelt René und zeigt auf den Bullenbeißer, „das ist Dicky."

„Kennen Sie die Männer, die meine Tauben erschossen haben", fährt Herr Martin aufgeregt fort.

„Na ja, ich kenne sie nicht namentlich, aber
ich würde sie schon wiedererkennen, wenn ich sie
sehe. Ich habe nämlich auch beobachtet, wie sie die
toten Tiere eingesammelt und in einen Plastiksack
gesteckt haben. Ich an Ihrer Stelle würde erst einmal eine Anzeige erstatten, Sie können mich gern
als Zeugen benennen."

Er reicht dem alten Herrn, dem die Tränen in
den Augen stehen, eine bunte Visitenkarte über
den Zaun und wendet sich an Inge: „Wie geht es
dir, Inge, ist das dein Großvater?"

Herr Martin lacht und steckt die kleine Karte in
die Hosentasche: „Leider bin ich nicht ihr Großvater, Inge besucht mich und die Tauben oft und hilft
beim Füttern, sie hört meine alten Geschichten an
und ist eine freundliche Helferin, wie ein kleiner
Engel."

René lächelt, seine Brauenpiercings wackeln
und blinken. Warum macht ein Mensch sich nur
so hässlich, überlegt Inge.

„Ja, das glaube ich gerne", antwortet René, „aber
sie ist ein sehr misstrauischer Engel."

Wütend schaut Inge an Renés Glatzkopf vorbei, dann versucht sie, über den Zaun Dicky zu streicheln, der vor Freude mit dem Schwanz wedelt.

„Im Internet ist ein Bild von Ihnen, Herr Märchenschreiber, darauf sehen Sie wie ein Mensch aus", sagt sie zu René. Der lacht laut, auch Herr Martin muss lachen, von Hustern unterbrochen.

„Ich wusste nicht, dass Engel einen Menschen nach dem Äußeren beurteilen, aber du hast recht. Ich habe mir diese Tattoos und Piercings machen lassen, nachdem ich meine Haare verloren hatte. Eine Jugendsünde nach der Chemotherapie."

Alle drei schweigen, nur eine Taube, die auf dem Zaun sitzt, gurrt. Der alte Herr nimmt sie auf die Hand.

René bricht als Erster das Schweigen: „Wie kann ich helfen? Soll ich mit den Männern reden und Schadenersatz fordern oder wollen Sie eine Anzeige erstatten? Wenn allerdings der Müllsack mit den toten Tieren weg ist, dann können wir nichts mehr beweisen."

Ein Schauer läuft Inge den Rücken hinunter. Der Müllsack lag doch auf der Seite ihres Gartens. Dann war der zweite Mann, den René gesehen hatten, wohl doch ihr Vater, der mit Herrn Schröder gemeinsame Sache gemacht hat?

„Ich kann doch auch mit den Männern reden, ich wohne ja in der Neubausiedlung und kenne viele Leute dort", schlägt sie vor. Herr Martin setzt Inge die Taube auf die Schulter, die pickt an ihrem Shirt.

„So machen wir es", sagt er zu Inge, „wenn die Typen ordentlich zahlen müssen, dann lernen sie vielleicht dazu. Und jetzt würde ich euch beide gerne noch zu Kaffee oder Saft einladen, um mich zu bedanken."

Herr Martin nimmt Inge die Taube von der Schulter, öffnet die Gartenpforte und lässt René eintreten. Der bindet Dicky nun innen am Zaun fest. Während sie zum Haus gehen, zupft René an seinem Nasenring und sagt: „Wenn Sie mal Hilfe für Ihren Garten brauchen, ich helfe gern, mein Stundenlohn ist auch nicht sehr hoch."

Der alte Herr setzt die Taube auf einen Ast und deutet in eine Gartenecke: „Der Schlauch zum Gießen ist im Verschlag, dort ist auch eine Harke fürs Unkraut. Die Bohnen sind wohl nicht mehr zu retten, fürchte ich, aber wenn Sie wollen, können Sie gern heute oder morgen den Garten pflegen."

Na sowas, der Glatzkopf will hier arbeiten, denkt Inge erstaunt und schaut René von der Seite an, ich dachte, Geld ist ihm nicht so wichtig? Chemotherapie, das macht man doch bei Krebs? Nachher frage ich ihn jedenfalls, wie es mit seinem neuen Buch steht, dem mit der Spinne und dem Ritter. Ob er mir Tipps fürs Schreiben oder für die Zeichnungen geben kann?

Als sie schließlich mit Kaffee und Saft um den Küchentisch sitzen, sagt Herr Martin: „Wenn meine Augen nicht so schlecht wären, dann würde ich auch gerne Ihre Bücher lesen, Herr René."

Der bunte Glatzkopf lacht: „Klar, sie sind auch für manche Erwachsene sehr unterhaltsam. Haben Sie einen CD-Player? Dann leih ich Ihnen mal die Hörbücher, die sind zwar nicht alle von mir, aber vielleicht haben Sie ja Lust darauf."

Inge springt auf und läuft ins Wohnzimmer, sie erinnert sich, dort ein Radio mit CD-Player gesehen zu haben. Sie kommt mit dem tragbaren Gerät triumphierend zurück. „Geht noch", ruft sie und alle lachen.

Als sie wieder am Tisch sitzt, gibt sie sich einen Ruck und wendet sich an René: „Hast du eigentlich auch schon mal Ratten gezeichnet und in einer Geschichte zum Thema gemacht?"

Er schaut nachdenklich aus dem Küchenfenster: „Ich habe mal ein Buch über eine Ratte geschrieben, ein Kinderbuch. Darin waren auch Zeichnungen von mir. Interessiert dich das? Vielleicht habe ich noch ein Exemplar oder es liegt bei den alten Frauen. Du kennst ja ihre Wohnung. Dort kann man es sicher nicht finden, es gibt keine Ordnung in den Regalen. Aber ich frage mal Erika."

Inge nickt: „Weißt du noch den Titel?"

René schaut zur Decke, an der Lampe hängt ein Fliegenfänger voll mit Schmeißfliegen. Nun sieht Inge den Klebestreifen auch und stellt sich auf ihren Stuhl, um ihn abzunehmen. René springt auf und hält den Stuhl fest, der schon gefährlich wackelt. Herr Martin ruft ganz aufgeregt: „Fall bloß nicht, Mädchen! Morgen besorge ich einen neuen. Die Fliegen sind jetzt überall, bösartige Menschen auch. Meine armen Tauben haben doch niemandem etwas getan."

Auf der Heimfahrt überlegt Inge, wie sie ihre Rattengeschichte weiterschreiben soll. René konnte sich an den Titel seines Buches nicht mehr erinnern, offensichtlich hat er schon sehr viele Bücher geschrieben. Verdammt, jetzt habe ich ihn nicht nach seiner Geschichte mit der Spinne gefragt. Ich kann ihm ja mal eine Mail schicken, jetzt habe ich seine Visitenkarte. Was soll der alte Herr Martin auch mit dieser Visitenkarte anfangen? Er hat sie mir gegeben.

Darüber, wie sie ihren Vater auf die erschossenen Tauben ansprechen will, denkt Inge noch nicht nach. Aber ansprechen will sie es auf jeden Fall. Auch wenn es dann Krach gibt.

Nächsten Donnerstag könnte ich wieder zu Herrn Martin radeln, dann kommt René auch, er will den Taubenverschlag säubern und ausbessern, dann weiß ich vielleicht schon mehr über die Tauben und kann ihn fragen, ob er sein altes Buch über Ratten gefunden hat.

Rattengeschichten

René sitzt an seinem großen Schreibtisch, einem Gelegenheitsfund vom Sperrmüll, und blättert in alten Zeitschriften und dem Biologiebuch, das er aus der Bibliothek ausgeliehen hat. Dort findet er oft Ideen für seine Jugendgeschichten. Wie Spinnen ihre Netze bauen, ist zum Beispiel so eine faszinierende Sache. Auch Schneckenhäuser hat er schon studiert und eine Geschichte daraus gemacht. Und hier steht auch etwas über Ratten:

„Der Rattenfloh ist der Hauptüberträger der Pest. Es gibt diese Krankheit immer noch, v.a. in Indien, aber auch in den USA. Man sollte in Kalifornien keine Erdhörnchen füttern, weil sonst deren Flöhe auf die Menschen überspringen. Sie tragen oft Pesterreger in sich. In vielen Hafenstädten leben mehr Ratten als Einwohner, meist im Kanalsystem und an Uferböschungen der Gewässer. Es gibt aber auch Baumratten, die auf die Hausdächer springen und in die Häuser gelangen. Ihr Geruchssinn ist so stark ausgeprägt, dass sie auf Anhieb die Küchen und Vorratskammern finden. Als Allesfresser ernähren sie sich zu einem Großteil von Abfällen. Ratten werden auch als Labortiere gezüchtet. Einigen wurde sogar menschliches Erbmaterial eingepflanzt."

René reibt sich die Leiste, die tut ihm jetzt schon seit einigen Wochen weh. Immer wenn er von einem längeren Spaziergang mit Dicky zurückkommt, muss er sich erst ausruhen, bevor er wieder ohne Schmerzen gehen kann. Er klappt seinen Block auf und beginnt zu schreiben:

Es war einmal eine Laborratte, die hatte sich befreit und ist in die Keller des Nachbargebäudes geflohen. Es war das Philosophische Institut, dort gab es leider nicht viel zu fressen, aber es lebten dort schon andere Ratten, die weggeworfene Lebensmittel aus den Mülltonnen des Supermarktes auf der anderen Straßenseite holten und über das Kanalsystem in den Institutskeller gelangten.

Auf dem Dach der neuen Biotechnologie flatterten Tauben aufgeregt im Wind. Die Menschen nennen sie auch die Ratten der Lüfte, sie sind immer in der Balz. Ein großer Rabe hüpfte auf und nieder, er erinnerte mit seinen zerzausten Federn an einen ehemaligen Institutsleiter, einen alten Nazi, der unter falschem Namen nach dem Krieg an der Universität ein tolles Professorenleben führte.

Während die Tauben zwischen Biotechnologie- und Philosophie-Institut hin und her flogen, versammelten

sich im Keller die Ratten in den Regalen zwischen alten Doktorarbeiten und Büchern. Jemand hatte hier eine Kekspackung liegen lassen.

„Lag hier nicht auch eine angefangene Doktorarbeit?", fragte sich die Ratte Katharina und riss mit ihren spitzen Zähnen die Kekspackung auseinander. Sie pfiff ihren Genossen zu: „Schon wieder eine Prinzenrolle!"

„Moralisch zu sein und zu handeln, ist nach dem Philosophen Kant eine Menschenpflicht oder die göttliche Pflicht schlechthin." Aber was war Rattenpflicht?

Ringsum im Kellerarchiv raschelte es. Einige Kanalratten knabberten die ehrwürdigen Bücher an, aber die vergessenen Schriften schienen nicht zu schmecken. Die hungrigen Tiere erbrachen die alten Philosophen unverdaut, hinterließen einen Brei von den Resten der wissenschaftlichen Sammlung. Es stank in den Regalen der altehrwürdigen Philosophischen Fakultät.

Die alte Ratte, die sich Katharina die Große, nannte, hatte gerade ihren Mittagsschlaf beendet. So alt wie sie war noch keine andere Ratte geworden. Sie war eben eine Spezialzüchtung aus Ratten- und Menschen-DNA. In den letzten Jahren hatte sie alle abgelegten Doktorarbeiten gelesen. Kein Problem für ihr Superhirn! Zu ihrem Glück hatte sie aus dem Versuchslabor der Neurologie entwischen können, ihre

*Käfiggenossen waren inzwischen längst im Biomüll ge-
landet. In ihren wenigen fruchtbaren Jahren hatte sie
unzählige Jungen geboren, leider war kein einziges so
intelligent wie sie. Die Väter waren eben nur geile dum-
me Kanalratten.*

Ihr mittlerweile räudiges Fell war weiß mit schwarzgrauen Streifen, die großen Augen blau wie der Sommerhimmel, den sie noch nie gesehen hatte.

Katharina kannte mittlerweile alle Professoren, denn sie schrieb ihnen regelmäßig Briefe mit wissenschaftlichen Thesen, einige davon waren sogar schon in Fachzeitschriften erschienen. Leider wurden viele der Beiträge von ihren dummen Rattenkollegen angeknabbert. Zurzeit schrieb sie an einer neuen Doktorarbeit auf einer alten mechanischen Schreibmaschine, die im Archiv stand. Aber nun ging ihr langsam das Papier aus und die fünfzig Seiten, die sie schon geschrieben hatte, waren auch verschwunden ...

René lacht, die Geschichte ist gar nicht so schlecht. Vielleicht sollte ich sie bei Erika mal vorlesen, vielleicht wären auch Beate und Inge gute Zuhörerinnen?

Er schaut aus dem Fenster und grübelt: „Jeder Morgen meiner neuen Zeitrechnung ist sonnig, anders sonnig. Wenn es regnet, machen Dicky und ich eben nur eine kleine Runde draußen. Ich setze mich bei Kerzenlicht an den Schreibtisch und Dicky macht es sich auf dem Sofa gemütlich. Nachmittags besuchen wir manchmal die alten Damen einen Stock tiefer und reden über Bücher. Jetzt habe ich vielleicht in Inge eine neue Gesprächspartnerin gefunden, hoffentlich. Toll wäre es, wenn sie meine Manuskripte lesen würde. Sie ist ja mein Zielpublikum, das wäre also viel hilfreicher, als wenn mein Verleger sie liest. Wie alt ist Inge überhaupt?"

René sieht sein verschlafenes Gesicht im Spiegel. Heute lass ich den Nasenring und die Sicherheitsnadeln im Ohr mal weg. Die Nadeln an den Augenbrauen bekomme ich nicht mehr ab, das müsste der Typ aus dem Tattoostudio machen – oder muss ich damit vielleicht zum Chirurgen?

Seit einer Woche ist der Himmel blau, manchmal Azur, dann wieder Ultramarinblau. Das Licht ist so grell, dass es manchmal Kopfschmerzen und Flimmern vor den Augen macht. Ist das heute nicht wieder ein völlig neues Blau? René sucht nach einer passenden Beschreibung für den morgendlichen Junihimmel. Vielleicht ist es ähnlich wie das Blau von diesem Maler Yves Klein? Er hat seine Pigmentmischung aus verschiedenen Blautönen als Patent angemeldet, alle Bilder hat er mit diesem Blau gemalt. In einer Art Performance hat er nackte Frauen mit der Farbe bespritzt und dann über Papierflächen gezogen. Er hat Schwämme auf die Leinwand geklebt und mit seiner Farbe übergossen. So ein Blau hat René bisher nur einmal nach einem Sturm an der Nordsee gesehen, aber noch nie in dieser Gegend.

Wenn René und Dicky spazieren gehen, laufen sie gerne durch die Wiesen am Stadtrand, legen sich an den kleinen Fluss und träumen. René weiß, dass Hunde auch träumen können. Draußen schreien die Felder und Bäume nach Wasser, es hat lange nicht mehr geregnet. Wenn er ganz still im Freien liegt, hört er nicht nur die Vögel rufen und die Tauben gurren, er kann auch die Blumen und Bäume hören, wie sie stöhnen vor Durst.

„Hör auf zu spinnen", meinte neulich sein Verleger Harald. „Wir kennen uns jetzt seit der Kindheit, aber seit du damals wegen deiner Krebserkrankung im Krankenhaus warst, redest du manchmal wirklich irres Zeugs."

René kennt Haralds loses Mundwerk, er kann ziemlich verletzend sein. Aber hat er nicht doch recht? René macht sich tatsächlich Gedanken, ob nicht sein Gehirn gelitten hat, damals während der langen Operation. Oder später bei der Chemotherapie. Manchmal glaubt er, alles vergessen zu haben, was vorher war. Alles vielleicht nicht, aber so wichtige Begegnungen wie Geburtstagsfeiern, Besuche bei den Großeltern und die ersten Küsse, mit wem, wie hieß sie nochmal?

Schon in der Reha, nach dieser langen Chemotherapie, hat er zu schreiben und zu malen angefangen. Fantasie hatte er immer schon reichlich. Manchmal sieht und hört er Dinge, die es gar nicht geben kann, na und? Es schadet weder ihm noch anderen und seine Bücher gefallen immerhin den Kindern und Jugendlichen. Was er sich ausdenkt, ist vielleicht genau die Welt, die er sich wünscht. Eine Welt, die ihm besser gefällt als das, was wirklich um ihn herum existiert.

„Erzähl deine Hirngespinste bloß nicht deinem Arzt, sonst weist er dich in die Psychiatrie ein", meinte Harald grinsend.

Diese Inge ist ein bisschen so, wie ich in ihrem Alter war, denkt René. Ich habe früher auch nicht jedem meinen Namen genannt und die Hand gegeben. Sie ist wohl auch gerne allein, fährt mit dem Rad in der Gegend herum und hilft diesem alten Bergmann.

Als René und Dicky das Haus verlassen, begegnen sie den drei alten Frauen. Sie begrüßen sich wie immer mit Handschlag und einem Keks für Dicki. „Erika, du hast doch alle Bücher von mir, erinnerst du dich an das alte Buch mit den Ratten? Ich habe kein einziges Exemplar mehr davon."

Erika überlegt, dann schüttelt sie den Kopf: „Kann ich so nicht auf die Schnelle sagen, wie war denn der Titel?"

René lacht: „Na, wenn ich den noch wüsste, dann müsste ich dich nicht fragen. Aber macht nichts, vielleicht fällt es mir doch noch ein."

Während er mit Dicky die morgendliche Runde im Viertel dreht, überlegt René. Wie war verdammt noch mal der Titel? „Die neugierige Ratte Kathi"? Das wäre ein Titel, den er sich heute ausdenken würde, aber er hat keine Ahnung mehr, worum es damals im Buch ging. Dicky benetzt alle Bäume, Sträucher und Autoreifen, wie jeden Tag. Er kennt sein Revier, ihm scheint es zu genügen. Warum versuchen wir Menschen immer andere Reviere zu entdecken und zu erobern?

Jetzt fällt ihm plötzlich das Thema wieder ein: Es ging um die Vorurteile einer Dorfgemeinschaft, die versucht, die Ratten in der Umgebung auszumerzen. Die Drecksviecher verbreiten nur Krankheiten, heißt es, sie sind zu nichts nutze. Die Dörfler streuen Gift, stellen Fallen auf oder erschießen die Tiere.

Im Buch beschließen die Ratten schließlich, sich zu verbünden und den Menschen im Dorf genau das zu geben, was sie von ihnen erwarten.

Dicky bellt einen Artgenossen an, der sein Revier ebenfalls kennzeichnet und an jeder Ecke das Bein hebt.

Die Ratten bringen den Menschen also Krankheiten, an denen viele sterben. Nun werden sie erst recht verfolgt und getötet, aber es gibt ein kleines Mädchen und seinen Bruder, die zwischen Menschen und Ratten vermitteln konnten. René erinnert sich gut, dass er damals am liebsten ein anderes Ende geschrieben hätte: Logisch wäre es doch gewesen, wenn es nach dem Kampf zwischen Ratten und Menschen nur Verlierer gegeben hätte. Wenn die Menschen starben, gab es weniger Essenabfälle und Korn und die Ratten hatten nichts mehr zu fressen, also starben auch sie an Hunger. Felder und Wälder, die ganze Natur war aus dem Gleichgewicht. Das wäre die Moral seiner Geschichte gewesen. Aber das war natürlich kein Ende für ein Kinderbuch, das musste ihm nicht erst Harald sagen, das wusste er selbst

Dicky zerrt an der Leine, er hat eine Hundedame entdeckt. Was würde Inge wohl zu so einem Schluss ohne Happy End sagen?

René bleibt stehen und drückt die Hand an seine Leiste. Mist, der Knoten scheint wieder dicker geworden zu sein und schmerzt. Ich muss unbedingt morgen Vormittag zur Ärztin. Aber danach gehe ich auf jeden Fall zu dem Bergmann und dort treffe ich vielleicht wieder Inge.

Ende oder Anfang

So viele Besucher an einer Beerdigung! Inge kennt kaum jemanden, sie hätte nie gedacht, dass René so viele Bekannte hat. In den Kirchenbänken drängen sich auch mehrere Jugendliche, hauptsächlich Sechstklässler, schätzt Inge und erinnert sich, wie sie selbst vor sieben Jahren Renés Bücher entdeckte. Sicher sind das hauptsächlich Fans seiner letzten Buchreihe über Jack, der die Welt der Dämonen wahrnehmen kann und sie mit Hilfe eines Amuletts seiner Urgroßmutter überall in seinem Viertel aufstöbert und bekämpft. Super Zeichnungen hat René da mal wieder gemacht.

So eine große Beerdigung mit Messe – ob René sich das wirklich selbst gewünscht hat? Vielleicht war das auch der Wunsch seiner Mutter, die Inge in der vordersten Reihe sitzen sieht – eine kleine alte Frau im schwarzen Schleier.

Von der Decke lächelt die Jungfrau Maria mit dem Jesuskind auf dem Arm, durch die bunten Kirchenfenster fällt die Sonne auf einen vergoldeten Strahlenkranz über der Empore, darin schwebt eine Taube mit Zweig im Schnabel.

So ist der katholische Himmel, goldziseliert. Die Hölle würde René bestimmt besser gefallen, Inge lächelt. Aber auch die Hölle ist katholisch, und das passt nicht zu ihm. Und der Himmel? Der müsste eigentlich doch für alle offen sein, Mos-

lems, Juden, Hindus ... Müssen Katholiken nicht erst durch die Hölle gehen, ins Fegefeuer und dann vielleicht noch Eintritt für den Himmel zahlen?

Inge lacht laut auf. Einige Trauergäste schauen sich kopfschüttelnd nach ihr um. Vom Sterbebild, das Inge vor sich gelegt hat, lächelt René sie an. Es ist dasselbe Foto wie auf der Rückseite seines letzten Buchs. Er hat keine Sicherheitsnadeln mehr im Ohr, keine an den Augenbrauen. Er musste sie vor den Untersuchungen mit Röntgen und Magnetresonanz entfernen lassen.

„Der Krebs ist wiedergekommen", das hat er vor fast genau einem Jahr zu ihr gesagt. Sie saßen in Herrn Martins Wohnzimmer, Herr Martin selbst kann inzwischen kaum mehr laufen, er bekommt sehr schlecht Luft und wird von einem Pflegedienst versorgt. Aber er freut sich immer noch über ihre Besuche, auch wenn es keine Tauben mehr zu füttern gibt.

Nur mit halbem Ohr folgt Inge der viel zu langen Trauerrede von Renés Verleger Harald, er zitiert die Titel aller Bücher, die René geschrieben hat. Das hört sich fast an wie eine Reklame für den Verlag, ob er hofft, dass Renés Tod die Verkaufszahlen in die Höhe schnellen lässt? Death sells, denkt Inge bitter und betrachtet die Leute in den Bänken vor ihr. Renés Mutter, weißhaarig und vornübergebeugt, zupft an ihrem schwarz umhäkelten Trauertüchlein. Inge hat sie ein paarmal getroffen, als sie René im Krankenhaus besuchte.

Endlich verliest der Pastor ein paar persönliche Worte, darunter auch ein Zitat aus dem Kondolenzbrief, den Inge geschrieben hat. Sie reckt sich ein bisschen, die Worte klingen vom Pastor gesprochen irgendwie fremd: „Ein Freund der Fantasie, der Jugendlichen Mut gemacht hat, ist tot. Er wollte eine bessere, tolerantere Welt, hat für Naturschutz und ein friedliches Miteinander gekämpft. Weil er das in seiner Umgebung nicht immer gefunden hat, hat er versucht, sich diese bessere Welt beim Malen und Schreiben zu schaffen."

Vor dem Altar steht seine Urne auf einem Podest voller Blumen. So wenig bleibt von einem Menschen!

Als Inge merkt, dass ihr die Kehle eng wird, drückt sie die Fingernägel in die Handfläche und denkt an Jack, den Dämonenjäger.

Als sie nach Hause kommt, lässt sie sich erschöpft in Vaters Fernsehsessel fallen, schnäuzt sich die Nase. Inzwischen hat sie unterm Dach ihr eigenes Reich mit kleiner Kochzeile und Minibad, ihr altes Kinderzimmer gehört jetzt der Mutter. Eigentlich ist es eine Art Rumpelkammer und Bügelzimmer geworden. An den Wänden hängen noch die alten Poster und Zeichnungen, neben Fotos vom Abiball und Aufnahmen von Tauben. Tauben im Flug, Tauben auf der Wiese, im Taubenschlag, tote Tauben.

Ihre Mutter kommt aus der Küche und streicht ihr über den Kopf: „Na, war's schlimm?"

Inge nickt.

„Meine Schicht war auch die Hölle", sagt ihre Mutter. „Am liebsten würde ich abhauen, bis zur Rente ist es noch viel zu lange hin."

Inge fragt: „Mama, kannst du dich noch an 2003 erinnern?"

„Das war doch der Jahrhundertsommer, nicht?"

„Ja, damals habe ich mit dem Schreiben angefangen."

Ihre Mutter überlegt: „Klar, das war dieser heiße Sommer, da konnten wir doch nicht wegfahren, weil dein Vater eine neue Stelle angetreten hatte. Und ich hatte wegen Personalmangel auch jede Menge zu tun. Die Leute waren aber auch dämlich, haben sich den ganzen Tag bei über 40 Grad in die Sonne gelegt. Das Wasser im Schwimmbad wimmelte von Bakterien, und wir bekamen in der Klinik jede Menge Leute mit Hitzschlag und Durchfall und Sonnenbrand eingeliefert. Alte Leute durften den ganzen August über nicht aus dem Haus, sonst hätten sie einen Hitzschlag bekommen. Du hast doch da immer abends unseren Garten gewässert und uns anschließend nassgespritzt, weißt du noch? Das war so trocken damals, gab es nicht auf der ganzen Welt Waldbrände und Hitzetote? Die meisten Toten in Frankreich, wenn ich mich richtig erinnere, viele alte Menschen starben in ihren Dachkammern. Tja, die Alten trinken ja auch immer so wenig."

Eigentlich hat Inge andere Geschichten von ihrer Mutter erwartet. Immerhin hat sie damals an Vaters PC ihre erste Erzählung selbst geschrieben und den Eltern dann auch stolz vorgelesen.

„Was für einen Krebs hatte René noch mal?", will ihre Mutter wissen.

Inge schaut aus dem Fenster: „Erst wollte er es uns nicht erzählen, er hat nur gemeint: ‚Ich hatte Glück, so lange nach der ersten Chemotherapie ohne Schmerzen leben und schreiben zu können.‘ Erst ziemlich spät habe ich gemerkt, dass er auf dem rechten Fuß hinkt. Vor Jahren ist er wegen schwarzem Hautkrebs da am Fuß operiert worden. Und dann hat sich ein Knoten in der Leiste gebildet. ‚Ich hatte den Krebs schon vergessen. Nun ist er wieder da und nimmt mich mit‘, hat er gesagt."

Inge schluckt.

„Aber wenn du jetzt dein Deutschstudium beginnst, gibt es vielleicht auch Kurse zu Jugendbüchern, in denen du Renés Bücher empfehlen kannst?", schlägt ihre Mutter vor.

Inge nickt und denkt an das, was René ihr an einem seiner letzten Tage gesagt hat: „Sei nicht traurig, Inge, dir bleiben ja meine Bücher. Und du wirst deine eigenen ganz besonderen Bücher schreiben, versprich mir das!"

Danksagung

Lieben Dank an meine langjährige Lektorin Karin Fellner, München, die das Mädchen Ina und den Jungen René genauso gern hatte wie ich.

Meiner Malfreundin Fritzi Lorenz danke ich, weil sie extra für den Text einige Bilder gemalt hat, zum Beispiel die Hexen, den René und die lesende Erika. Einige ihrer Bilder stammen aus einem gemeinsamen Malseminar, unter Leitung von Wolfgang Mannebach in der Bosener Mühle im Saarland.

Übrigens: Fritzi hat einen runden Geburtstag, sie wird glaube ich schon 10 Jahre alt, mal sieben?